句集

苦笑

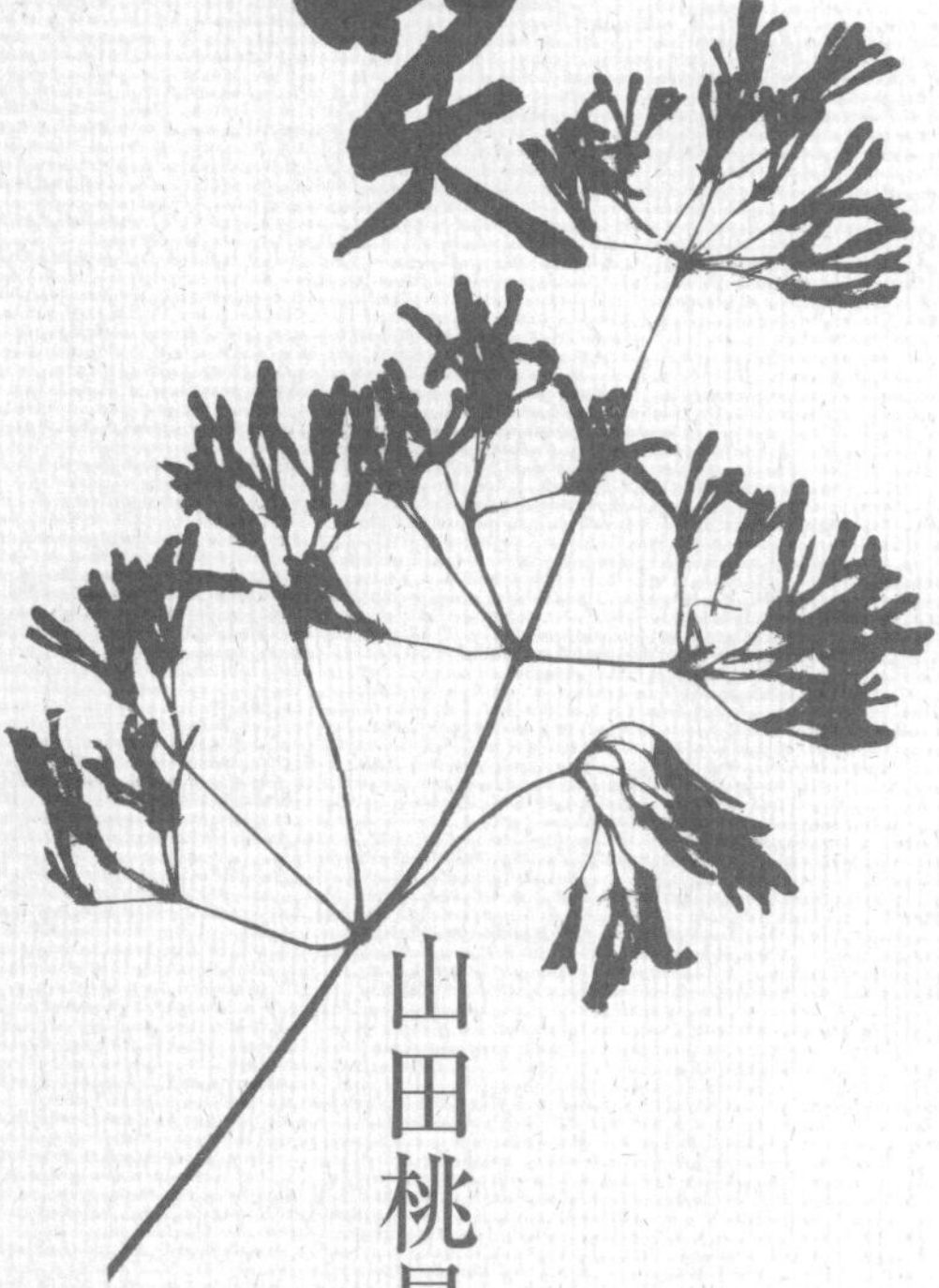

山田桃晃

紅書房

目次

句集

苦笑（くしょう）

秋海棠

平成二十一年九月より

老いといふ言葉に触れて露きらら

秋の蝶長寿のいづみ湧くあたり

国防といふ色ありきいわし雲

飛ぶならば海越えて来よ蓮の実

清水噴く絶壁秋意みなぎらせ

乾き切る棒稲架に牛つながれて

赤とんぼ水に命を触れてゐる

桃冷やす流れ杣への岐れ道

穭田の雨を青しと思ひけり

烟茸この生きものを踏まで去る

穂芒や青空の青うごかざる

竹林の夕暗がりの曼珠沙華

吾亦紅堪へるもの堪へ髯を剃る

秋海棠咲けど告ぐべき人の亡し

一灯は白樺林の霧の中

祭すめば案山子ひよつとこ面で立つ

不整脈ときには有りて白木槿

烏瓜の記憶たどれば突つ立つ妻

生きるとは歯をみがくこと水澄めり

冬麗やこの世の朋と亡き妻と

螺《つぶ》泥鰌眠らせて去る御田の神

草や木の魂が飛ぶ冬はじめ

冬紅葉老いには老いの力あり

どの人も帰る家あり山眠る

短日の時刻表にはなき列車

愚直の碑面《おも》て光りて草枯る

短日の日々を命の日々尊《とうと》

鶏頭の枯れて頑固に立つてゐる

ひとり居の佛と暮らす十二月

晩年の全景として裸の木

落日を懐に入れ山眠る

鮟鱇の全身吊りし顎のこる

加齢せし人に味あり赤海鼠

霜枯の陽よ鬼房の海はあり
くれなゐと言ふ外はなし寒の薔薇

骨正月

平成二十二年

一月の川まつさらに流れをり

三《み》度《たび》喪の七草粥のいろを喰ふ

室の花夕日は佛つれて来る

今日《こんじつ》を生きる身仕度寒に入る

初山河空も満ち干をくり返し

寒鴉野の一木の光り充つ

雪嶺の明暗わかつ没日かな

いちにちの快楽雪の日が暮れる

咳込めば己れの影をまるめ込む

湾を前よぎるものなし寒光裡

日の沈む方へ吹く風福寿草

ぼんやりと過して暮るる骨正月

下萌えの何を芯とし暮らさむか

春暁の夢や束の間妻のゐる

蟾蜍《ひきがえる》共に生きよと穴を出づ

妻の世へ糸の足らざる天旗よ

一生の今どのあたり鳥雲に

これからの余生余白に種を蒔く

悼　菊地乙猪子

面影のひろがるばかり鳥雲に

浅蜊掘る湾に道ある風の幅

あしかびの群落渡る手こぎ唄

蓬摘む此岸の妻に会ふために

海底を列車が通る三鬼の忌

白木蓮壮年の師と一の沢

いのちある限りの歩みしゃぼん玉

清貧の八十路の詩やクロッカス

茶柱や普段着で足る昭和の日

地図になき道のひとつに蟻の道

ほんたうの風吹いてゐる青芒

青蜥蜴消ゆ生垣に揺れ残し

水のごとく生きると決めて山女喰ふ

麦飯を噛むほど涙もろくなり

老いらくの苦もまた楽し青トマト

心音の他に音なし螻蛄の闇

鬼房の爪書きの詩よ蟻の塔

海鞘を裂き海をまるごと啜りけり

悼　高橋昭子

消えてゆく人の顔あり夕牡丹

生きるほかまるで芸なし蛞蝓

食ふことの面倒くさくてカナゲッチョ

七月の光体として馬の耳
たましひの在処をさがす土壗割
も少しで動くよ擬死のてんと虫

献血のしたくも出来ぬ藪蚊打つ

待ったなしの齢となりし生身魂

左様ならさよなら金魚浮いて来い

電子音とび交うてをり溽暑の夜

やませ来る鬼房流の明るさで

迎へ火と話してゐる孫姉妹

杏美・里美

水底の石きらめきて桐一葉

蔓引けば北方領土動くかな

天の川乾きはじめてゐるやうな

言ひ訳のいひわけをする枯蟷螂

何もかも遠しと思ふ涼あらた

完璧に磨かるコップ十三夜

余生にも限りのありし氷頭膾

独りと言ふ自由が寂し衣被

最愛の世の闇のあり胡桃割る

極楽と言ふ山があり鵙の贄

風の幅に秋冷の潮縞つくる

秋刀魚饅食ふ完璧な一日なり

今生の自愛いまなり椿の実

釣瓶落し風が渦巻く石切場

夕花野佛の顔で通り過ぐ

綿虫の命を見たり掌を開く

枯蘆の枯れ鮮らしき陽が昇る

風を抱く枯蘆原の片曇り

蘆刈の穂架をなぶる海の風

暮際の蘆原寒き水の音

標《あてど》なく世を生きて来し冬木の芽

首上げて生命《いのち》曳きゆく冬の蜂

もう八十路いやまだ八十路臘八会

紙漉の漉き人《て》替れば音変る

裸木となりたる銀杏五番街

加瀬沼は星の溜り場虎落笛

讃歌とも悲歌とも冴ゆる津軽三味

寒禽の啼くや津軽にあいや節

大枯野馬と語るは人語なり

我が昭和骨の髄まで氷雨降る

後戻り出きぬ人生冬紅葉

湯豆腐が苦笑ひして生きてゐる

裸木の影にも気骨ありにけり

海の子のけふは山の子木の実独楽

十二月八日の沖が晴れてゐる

火口湖の深きは寒ンの天《そら》といふ

遅速なく生きて師走を凜と老ゆ

ほんたうに寂しくないか雪の精

幾代を継ぎし名取の寒の芹

寒暁の音立てて消ゆ波頭

忙中の閑を菰解く寒牡丹

津波遺児

平成二十三年

寒すずめ百円玉と頭陀袋

初夢にまんどろ津軽あいや節

鮟鱇鍋ねぢれ国家を論じをり

酔ひ醒めの寒九の水を噛んで飲む

塩味は身ぬちの至福小豆粥

老人といふ笑顔あり日脚伸ぶ

死者よりも生者が遠し凍晴れ星

産土神の鈴のひびきか牡丹雪

授かりし躬を謹まむ春の霜

あかときの星よ二月のからしばれ

炯眼の面影寒暮のベレー帽

雛の目追ひかけさうな蔵座敷

梅東風や酒熟るる蔵ふくらめる

薄氷の田を渡り来る汽笛かな

蟇穴を出づる夜明けのしたり顔

鳥雲に入る真つ直ぐな木がいつぽん

己が知恵足らぬこの世のてんぽ蟹

太陽の匂ひこよなし風の蝶

東日本大震災　三月十一日

激震やきさらぎの月海の底

激震の海嘯襲ふ桜の芽

激震の爪痕湾に雪の果

給水車待つ春泥を踏みしめて

燕来る余震の夕餉何にせむ

四月七日

生き延びし金魚を襲ふ夜の強震

平然と結界を越え蟇交む

緋牡丹や余生に見栄を張る男

釈尊も厨子出でられよ苜蓿

先師の詩臨竈ざくらあつぼつた

些事多く生きて八十八夜寒ム

壮年の師をまな底に紫木蓮

天に星地の星凜と花みづき

蟹取りの少年が消え残る海

震災の瓦礫かたへに田を植うる

励ましの祈りと希み鯉のぼり

庭地割れ怖れるものに梅雨の雨

地の底の冥きを呼びぬ牛蛙

乾《けん》坤《こん》の言葉渦巻くかたつむり

余震また余震瓦礫に緑さす

母よりは父の気配のすぐりの実

鯨幕くぐり溽暑の津波遺児

麦飯や老いゆく影の凜として

悲しみは悲しみとして梅雨明ける

転た寝の夢を呑み込む白雨かな

カンカン照り紫陽花いろを絞り出す

やすやすと弱音を吐くな放屁虫

盂蘭盆の海よ幼なきものの声

羽蟻飛ぶふところ深き弥陀の空

人生の岐れ道なり草いきれ

なにもかもやませの所為にして嘆く
塩害の田を這ひ七日やませ去る
津波禍の泥田に植うる向日葵は

向日葵も渚の砂も瓦礫なり

鎮魂の花火よ島よ身に応ふ

幼霊も祖霊も胡瓜の馬で来る

魂棚や白提燈はともさない

端座して祖霊の在す盆三日

晩年の胸ひらくたび星流る

まだ生きるために秋暑の草むしり

いくたびも死んだ夢見し油点草

死してなほ疲れを癒す十三夜

人の名と顔重ならぬ秋暑かな

死の名《めい》は空《くう》のひと文字雁渡る

海鳴りは釣瓶落しの悪魔なり

鎮魂の海をくまなく十三夜

曼珠沙華かすかに海の匂ひして

雁来紅快楽《けらく》の果の色なるか

老いの身も役目のありて氷頭膾

詩《うた》はねば消えゆく海嘯曼珠沙華

桐一葉極楽の空生きてゐる

雲裏を二百十日の陽が渉る

もう少し生きるよ穴へ青大将

老いて得し悟りの力きりぎりす

傘寿過ぎの口下手我に蚯蚓鳴く

露深き不明の遺霊いくたりや

良きことの色なき風に乗つて来い

逆らはず生きる術あり冬桜

湯豆腐の真ん中にゐて幻か

被災地に華燭のありて冬の鵙

人生の重荷下ろせず牡蠣雑炊

粗衣粗食変らぬ絣のちゃんちゃんこ

霜降の影なき影の動きたり

枯柏の樹齢は耳をあてて聞く

あつまれる人のぬくみや雪ばんば

五郎助や机下に昭和の風棲める

生きるとは学ぶことなり鯨汁

したたかに生き枯山の顔でゐる

山の音山へ返して石蕗枯るる

快眠

平成二十四年

薄日して籾殻かぶる寒卵

一月の風がしばれる鬼房忌

寒風や担ぎて提げて箒売り

除塩田の水の声あり春を待つ

咲くことは身を絞ること寒牡丹

人心は何に濡るるか冬銀河

声呑みて泣きしは男寒土用

過去なんか忘れてしまへ冬銀河

春障子しまりて瀬音変りたる

生き死にのことなどふれず韮刻む

もう怖いものなどはなし韮雑炊

啓蟄や晩年水のごと生きむ

憎しみも生くる証やすみれ草

考へる余地まだありし地虫出づ

雪解光きき耳たててゐる鴉

父母の齢疾うに越したり四月馬鹿

意志固きことが救ひか葱坊主

胸底にまだある昭和茄子植うる

海底も地底も無音桜咲く

幼霊の桜の闇を押してくる

陽炎や海をさまよふ幾み霊

新樹冷ゆ水を磨けといふ研《とぎ》師

晩年と言へど明日あり新樹林

巻き戻しきかぬ老骨蛇の衣

新緑の雨沛然と災禍の地

小米花の小さき団結復興へ

被災児の低く咳く馬鈴薯《いも》の花

藤房へ手のひらひらと死者生者

怒らねば詩嚢が腐る夏薊

夕端居椅子のきしみて風か魔か

高野主宰の震災句碑建立除幕

万緑や蘆の碑永遠に生く

現し世の夢すり抜けてほととぎす

芒種です生き方変へて見ませんか

明眸の面影夜のほととぎす
汗拭いて拭《ぬぐ》ひ切れざるものの思ふ
昭和一桁生きて悪いか韮の花

いまさらに急がぬもよし蝸牛

緑蔭に吸ひ込まれゆく杖柱

塩竈の塩竈生れかたつむり

見過ごして来しものの数多なめくぢり
青胡桃もう振り出しに戻れない
被災田に追ひ打ちかけてやませ霧

地の底のやませ溜りの塩害田

向日葵や波の底なる瓦礫山

扇風機首ふるどこか疲れをり

屋上の茂り気球が降りて来る

遠雷の海へ迷ひしつがひ蝶

息災の齢かさねし冷奴

余生には快眠土用の鰻食ふ

海開きなき海の日の鳴き砂よ

瓦礫山は国の散骨棕櫚咲けり

海底の瓦礫に入道雲の腕

波の音は防人《さきもり》のうた海桐《とべら》咲く

老いてなほ未知の老いあり冷奴

拘泥《こうでい》は生きゆく力蚯蚓鳴く

八十路いま為すこと多し新松子

土用太郎今出来る事すべき事

せせらぎも味覚のひとつ夏料理

地崩れの峠が見ゆる韮の花

向日葵や海の瓦礫よ立ちあがれ

新旧の墓石相寄る法師蟬

藁屋根の高窓あいて盆の客

西方や残暑の雲が渦なせる

秋暑し昭和減りゆく胸の奥

向き不向きよりも前向き山椒の実

杖が踏む月明の露闇の露

そつぽ向く姚よいびつの青蜜柑

聞きなれぬ原発用語秋暑し

誰彼に無視されてをり烏瓜

亡き人の齢を数へ十三夜

月夜茸一つ傾げる母の忌日

晩年の今どのあたり齢草

昭和一桁生きる手立ての穴まどひ

生きるため十一月の峠越ゆ

還らざるものの声なり冬雁は

底知れぬ風土の神秘枯蘆に

冬の蝶海の幼霊迎へに来

四捨五入して短日を締めくくる

気楽とは晩年にあり亥の子餅

この先も余生なりけり蓮の骨

枯菊を手折れば佛の声がする

余命ある限りの苦《く》笑《しよう》息白し

無為の日も余生の一ト日蜜柑むく

生かされて傘寿もなかば鮟鱇鍋

子の苦言尤もなれや霜の花

被災地の沼のくびれを濡らす雪

精霊の海

平成二十五年

鬼房の海へこませて初日出づ

七《なな》度《たび》の巳年を迎ふ山河かな

為すことのあるが幸せ根深汁

蘇る事ありとせば冬の蠅

山際は真つ青な空寒波来る

冬陽炎俺のほかにも俺がゐる

人生に余りは非ず寒の梅

忘れてもいい事余寒の灯にくるむ

猫柳川幅走る風の音

春暁の太陽はまだ海の底

風神が乗る浅春のゲリラ雲

雪代のひねもす流れ尖る岩

平凡と言ふ明日があり地虫出づ

死後のこと魚雁に蟇が穴を出づ

根底に昭和魂さくらの芽

瓦礫山に手向けし蕾時知らず

精霊の海越えて来よ桃の花

春雪の雫少年泣きじやくる

水ナ口の水のうぶ声山葵咲く
頑に生きる昭和のひきがへる
春暁の風がいざなふ愚の歩み

万愚節は橋寿の誕辰真水飲む

春は曙おつむが穴に落ちてゆく

蓑歩む昭和の人の老い加減

海底に老幼の霊明易し

島を去る人の行方を追ふ牡丹

着馴れたるものにおちつく更衣

四月二十一日　六十六年ぶりに積雪あり

昭和タワー平成ツリー桜に雪

小満の荒波影を躍らする

かあさんが迎へに来ない葱坊主

馬鈴薯《じやが》の花に洗脳されてゐる齢

空蝉の軽さにも似て独りなり

万緑の底抜けてゆく風の縞

木の洞へ濁世とぢ込め青嵐

穴出でし蟹に呼ばるるみなし蟹

今といふ刻をすつくと九輪草

晩年の身の隙だらけ三尺寝

非日常それも日常島薄暑

夫婦杉四郎杉ありあかね

粗衣粗食などと変はらず生身魂

早生の息子よ妻よ盆三日

ひるがほや佛むづかる海の底

遠き木に杳《くら》き風吹くかき氷

鈍感に生きるも余生鰻食ふ

消しゴムと鉛筆夜のほととぎす

死は生に寄り添ふ夜のほととぎす

汗流し老いては老いの微調整

万緑や骨壺といふ小さきもの

一瞬に霧をともなひ青やませ

塩害の青田を覆ふやませ霧

除塩田を這ふ鋭勇のやませ霧

老い先の事はさて置き暑気払ひ

紫陽花や国境海の底にあり

ハンカチに包む貝殻絆の碑

ふくしまの桃食うてより息安す

遠きもの桃のみならず老いにけり

溺谷の濁りなき風山椒の実

出さぬ手紙残暑の匂ひこもりをり

さびしさの極み枝豆手に残り

口論の出来る妻亡しづんだ餅

ひぐらしの森の深さを斜めに行く

生きてまた八月の水飲むでゐる

老いの力どこで使ほか桐一葉

笑ふことは生きてゐることと夜の残暑

億年を生きる途中の青無花果

胸臆を遂つてゆけり黍嵐

底紅や愚直に明日と言ふ日くる

拾ひたる石に層あり水の秋

さはやかに別れて想ふわが齢

普通といふ不確かなこと櫟の実

曼珠沙華四五本手折る雨の中

どの椅子に掛けても独り蚯蚓鳴く

大動脈弁置換手術

延命は知る感《よし》もなし穴まどひ
死ぬ暇のなかつた執刀桃の皮
余命などどうでもよろし蛇穴へ

お迎へが通り過ぎたり秋彼岸

手術後の力が欲しい花八つ手

二度死んで十一月を生きてゐる

お迎へはまだ先のこと爐を開く

冬銀河がらくた余生の心の臓

老幼の咆《ほう》の海あり冬の雨

災禍地の枯向日葵に見つめらる

大空と光り合ふもの冬木の芽

後戻りきかぬ人の生《よ》枯ざくら

麦の匂ひ

平成二十六年

九穴の災ひのなく年を越す

陸前の泥かぶり石淑気満つ

生きのびて喰ふ七草《ななくさ》粥の湯気青し

なづな粥遠祖の年の倍生きて

十二月八日は遠し虎トラ虎

帰らざる魂は海風《かぜ》春を待つ

老いたれど生きる技あり猫やなぎ

鬼房碑の筆勢芽吹く山椒の木

縄文の土偶もの言ふ寒燈下

海嶺のマグマの鼓動春の雷
幼霊の声料峭の波の底
海嘯にのまれし木瓜の咲いてゐる

猛禽の声ひとしきり木の根あく

啓蟄やそつなく暮らし生きてゐる

鳥雲に釈迦三尊は海に向く

桜餅葉ぐるみ食べて独りなり

罹災地に角組む荻の逞しき

薄氷のひかりを求め死者の声

逃げてゆく言葉を拾ふ桃の花

晩節を急ぎすぎるな桜蘂

運命《さだめ》とは授かりしもの葱坊主

砂時計いくたび返す余花の雨

予期もせぬ一生《ひとよ》が一生花は葉に

今生の汗もろともに茄子植うる

長子の忌麦の匂ひの通り雨
七回忌

語り継ぐ海嘯つばめの子が育つ

黒日傘杖にして読む波来《はらい》の碑

被災地の今を生きぬく海鞘の味

命惜しめ惜しめと夜のほととぎす

悼　古山のぼる

傍輩の逝かれし筍流し雨

冷や酒は生きる力の余瀝なり

噛みしむる加齢の量や海鞘膾

万緑を映す底なし沼の精

緑蔭や感謝が全ての我が人生

食欲は余生の力夏の星

菰むけば秋田訛の荷方節

残すものこの世になくて蠅叩く

怠れば詩心が黴びてしまひさう

反論を胸に秘めをり冷奴

蟬の声昨日と違ふ被曝の木

海底の幼霊が待つ白日傘

土用波耳底にあり陰の膳

海に生き海に攫はれ盆に来よ

過ちを繰り返しゐる生身魂

二百二段の夜景神輿が帰遷せり

休み田の百姓に税酷い残暑

木の椅子の昭和の学校涼あらた

被災地のセシウム夜の曼珠沙華

太棹の十《と》三《さ》の砂山秋気満つ

穴まどひ逃げるでもなし日暮坂

稽田をだまつて歩く男かな

南瓜煮て恃《たし》かな明日を信じをり

素のままに生きよ秋刀魚の胆苦し

こほろぎや余命の闇の先が見ゆ

地の影を攫ひ臀呫《となめ》の風に消ゆ

錦秋の星の匂ひが瀬を渉る

錦秋の残り時間を思ふべし

つるべ落し詩嚢をみがくお年寄

半生の挫折いくたび虫を聞く

極楽といふ残生のあり海鼠嚙む

ていねいに生きて恰《い》楽《らく》の牡蠣雑炊

神留守の浦に遊べるはぐれ鳥

存分に生きて勤労感謝の日

枯蘆に見え隠れするみなし蟹

捨ててこそまことが生きる吾亦紅

影のなき人の声する蓮の骨

生きる程に優しさを受く十二月

生きるとは前へ進むこと冬木の芽

脳中に牛が寝てゐる冬の虹

海鼠腸《このわた》や微かな生《せい》の匂ひせり

寿《じゆ》の秘訣海鼠腸酒と柚子の皮

鬼房の生誕暁けの荒星よ

思ひ出にいつも大人《うし》あり山椒の実

極月の川風皺を立て通し

崖枯れてささら波立つ川の照り

足許に水音のして菱枯るる
涸るるなき川大曲り伊達山河

恩恵

平成二十七年八月まで

魂は海中にあり室の花

凍蝶のたましひ風を起したり

老耄はすこし間のあり年を越す

癌腫など気にせず生きよ薺粥

限りある命惜しめよ耳袋

吉兆の朔旦冬至南瓜炊く

川底の二月が動く不眠症

歳老いしのみには非ず春みぞれ

平明に生きる海鼠に騙されて

霊呼べば返るは余寒の風の音

ソ連の名残る地球儀冴返る

春眠とふ恩恵のあり寿《いのちなが》

いま生きてはづむ五感よ呼子鳥

蟄雷や曾孫を乗せる台秤　結菜誕生

三月の川の石ころみな佛

蜃気楼あまたの足袋の干してあり

ちぐはぐに残る錠剤亀鳴けり

こだはりも生きる力よ葱坊主

遠い昭和根底にあり山ざくら

魂は海《う》底《み》より還る朧雲

これだけの力しかないチューリップ

翠《すい》黛《たい》や新樹の液の音すなり

老齢のほころびが見ゆ菖蒲の夜

平凡に生かされて来し菖蒲葺く

命にも隙間のありし葱坊主

死ぬまでは生きる苦しみ更衣

海底の駅に待つ霊浮いて来い

蜜蜂や父なり母なり一《ひと》世《よ》なり

夜の水鶏養生せよと妣の声

晩年の朋よ不老の冷奴

晩年の布石杳《よう》冥《めい》の青葉木菟

老耄てふなほ生きるため鰻食ふ

百円で金魚のいのち買ひますか

夏葱をきざむ不老の納豆めし

縄文の雨の臭ひを栗の花

引き波のたしかな力晩夏光

木下闇の水の嗚咽を蔵《かく》しけり

死が怖いときあり木下闇の椅子

引力に音あり木斛の花こぼれ

人は人藍の浴衣の俺は俺

無味無臭の宙《そら》が淋しい花石榴

成りゆきに委せ長寿の土用餅

生き方の自問はいまも青無花果

魑魅《すだま》言霊土用やませが礁砕く

白桃剝けばフクシマの夜景見ゆ

復興の夜店あがいんノッペ汁

土用あい籬が島の夜明け

銀漢に己が齢を封じ込む

生きてゐる悔あまたあり流星は
秋暑したまには有りし不整脈
がらくたの臓腑残暑をやり過ごす

展墓への近道杖に負担かけ

諳んじる教育勅語生身魂

迎へ火の松の木端《こっぱ》を焼《く》べる孫

新涼や祖霊を招く自愛の日

せつかちの妻子が来るよ盆の月

父の忌の廻り燈籠膝照らす

秋暁やゆつくり生きる歩幅にて

旋律が戦慄となる夜の残暑

あとがき

本句集は『一人です』に続く第八集、平成二十一年九月から平成二十七年八月までの作品の中から、五百十七句を収めました。

平成二十三年三月十一日大地震が発生、大津波という未曾有の震災に大きな衝撃をうけ、また同二十五年十月には心臓の手術と、心の乱れはどうしようもなく癒すひまもない日々でした。心労を癒すには常に震災の復旧復興への祈りと希みを籠めての記録となり、同じパターンの繰返しでした。気持の揺れの中なんとか新たな一歩を踏み出したいと思っています。

句集の出版を快くお引き受け下され格別のお手数を煩した紅書房の菊池洋子様に心より御礼を申し上げます。家族に感謝します。

平成二十七年八月

山田　桃晃

著者略歴

山田　桃晃（やまだ・とうこう）本名・金雄
昭和4年4月1日　宮城県塩竈に生れる
昭和29年「駒草」入門、同35年一力五郎賞、41年駒草賞受賞、平成6年「駒草」退会
昭和60年「小熊座」創刊入会、同人
平成元年塩竈市芸術文化協会「文化賞」同4年「功労賞」受賞
平成12年塩竈市教育功績賞受賞
句集『藁屋』『重陽』『山の影』『破片』『冷し飴』『炯眼』『一人です』
現在
俳人協会会員「年の花」委員会委嘱講師
俳人協会宮城県支部会員
宮城県俳句協会・幹事
日本現代詩歌文学館会員
塩竈市芸術文化協会会員
現住所　〒985-0042　宮城県塩竈市玉川二丁目三番三十号
電話　〇二二―三六五―四四七二

句集　苦笑　小熊座叢書第九十九　奥附

著者　山田桃晃＊装幀　木幡朋介＊発行日　平成二十七年十一月三十日
発行者　菊池洋子＊印刷　明和印刷＊製本　新里製本＊製函　岡山紙器
発行所　〒一七〇・〇〇一三　東京都豊島区東池袋五ノ五十二ノ四ノ三〇三
紅（べに）書房　info@beni-shobo.com　http://beni-shobo.com
電話　〇三（三九八三）三八四八
FAX　〇三（三九八三）五〇〇四
振替　〇〇一二〇-三-三五九八五
落丁・乱丁はお取換します

ISBN978-4-89381-309-1
Printed in Japan, 2015